はじめてよむ
こわ〜い話

あぶないエレベーター

作 牧野節子
絵 鈴木アツコ

岩崎書店

きらきらきら。
まどの　そとの　よぞらには、ほしが
いっぱい　かがやいています。
ここは、「もりのなかホテル」の
レストラン。
ばくばくばく。
「うまい　うまい」
ぶあつい　ステーキを　たべているのは、

このホテルの　もちぬし、ウチダさんです。
「こんどの　しごとも、うまくいきそうだ」

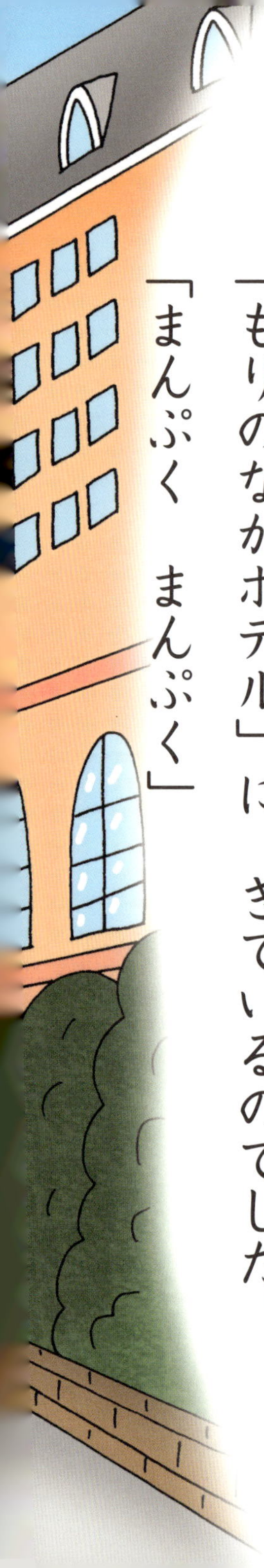

ウチダさんは、ぜんこく　あちこちに
ホテルを　いくつも　もっている
おかねもち。ふだんは　とかいに
すんでいます。もうすぐ　このちかくに
リゾートマンションを　つくるよていで、
そのじゅんびのため、
「もりのなかホテル」に　きているのでした。
「まんぷく　まんぷく」

しょくじを　おえた　ウチダさんは、
とまっている　へやに　もどろうと、
エレベーターに　のりました。
「なんかいで　ございますか？」
エレベーターボーイに　きかれて、
「九かいを　たのむよ」
ウチダさんが　こたえると、
ギュイーン！

エレベーターは　すごい　スピードで
さがりはじめました。
「お、おい、どうなってるんだ！　うえだ、
うえに　いけ！」
ウチダさんが　どなると、エレベーター
ボーイが　ふりかえりました。
「うるさい、だまれ！」
「わっ！　な、なんだ？　おまえは」

ぎらりと　ひかる　するどい　め。
くろずんだ　ちゃいろい　けで　おおわれた
そのかおは、もぐらでした。でも　からだは、
にんげんぐらいの　おおきさなのです。
ガクガク　ガックン！　エレベーターは
おおきく　ゆれて　とまり、ドアが
あきました。
「こ、ここは……トンネル？」

あたりは　くらく、くうきが　ひんやりしています。トンネルじょうの　ながいみちの　りょうわきには、つちいろのいえが　いくつも　ならんでいます。

「われわれの　まちだ」

「もぐらの　まち？　しかし、なぜわたしを　つれてきたんだ」

「ふふん、これから　おしえてやる」

ついてこい」

もぐらの　あとを　ウチダさんが
あるいていくと、ぴょこ、ぴょこぴょこ
ぴょこ、いえいえの　まどから
もぐらたちが　かおを　のぞかせ、
くちぐちに　はなしています。
「あいつか？」
「そうだ　そうだ」
「まちがいない！」

よこみちに　はいり、さらに　すすんで
いくと、ひろいばしょに　でました。
ごつごつした　いしが、いくつも
いくつも　ならべられています。いしの
まえには　たくさんの　ろうそくが
たてられていて、ほのおが　ゆらゆらと
ゆれていました。
「ここは、はかばだ」

ひくく　うめくような　こえで　もぐらは　いうと、ウチダさんを　ぎろりと　にらみました。

「おまえに　ころされた　なかまたちのな」

「な、なんだと？　わたしは　もぐらを　ころしたことなど、いっぺんも　ないぞ」

「はん！　しらべは　ついているんだ。ホテルを　つくったのは　おまえだろう？」

「ホテルを？　それは　たしかに　そうだが
……わわっ、なんだ、おまえたちは」
いつのまにか　おおぜいの　もぐらが、
ウチダさんを　かこんでいます。

「あたしの　おばあちゃんは、
こうじちゅうの　きかいに　やられたの！」
「おれの　とうさんもだ。ブルドーザーに
つぶされた！」
「うちの　じいさんは、ショベルカーで
ざっくりだ！」
「おれたちは　はじめ、こうじを　していた
やつらを　うらんだ。しかし、やっと　つき

とめたんだ。ホテルを　つくった　やつは、
おまえだと　いうことをな！」

エレベーターボーイの　もぐらが、
ウチダさんの　かみを　ぐいっと　つかんで
ひきたおし、　かおを　じめんに
おしつけました。

「いたたっ！　はなせ、　はなせったら」

「きょう　つれてきたのはな、　おまえを
このつちの　なかに　うめるためだ。

かくごしろ」

「うわっ、　やめろ、　やめてくれ！」

ばたばたと　あばれる　ウチダさんを、
もぐらたちが　おさえこみます。
「うめる　まえに、かわを　はいでやる」
「そんなのは　なまぬるい。やつざきだ！」
「おれは　そのにくを　くってやる！」
とがった　ナイフを　ふりかざした
もぐら。おおきな　ほうちょうを　かかげた
もぐら。りょうてに　フォークを　もった

もぐら。

そのほかにも　はものを　もった
おおぜいの　もぐらたちが、いっせいに
おそいかかってきます。
ぬらぬら　ぎらぎらと　ひかる　はが、
ウチダさんに　ふりおろされます。
「ええい、くらえー！」
「おもいしったかー！」
「ぎゃあああー！」

ザクッ！
ブスッ！
ジャキッ！
ザバッ！

ウチダさんの　ひめいと　ともに、おもく
にぶい　おとが、はかばに
ひびきわたりました。

ザクッ！　ブスッ！　ウチダさんの
からだを　かすめた　ナイフと　フォークが、
じめんに　なんぼんも　つきささります。
ジャキッ！　ザバッ！　ウチダさんの
きている　じょうとうな　スーツは、
ほうちょうで　ずたずたに
きられてしまいました。
もぐらたちの　こうげきを　ひっしで

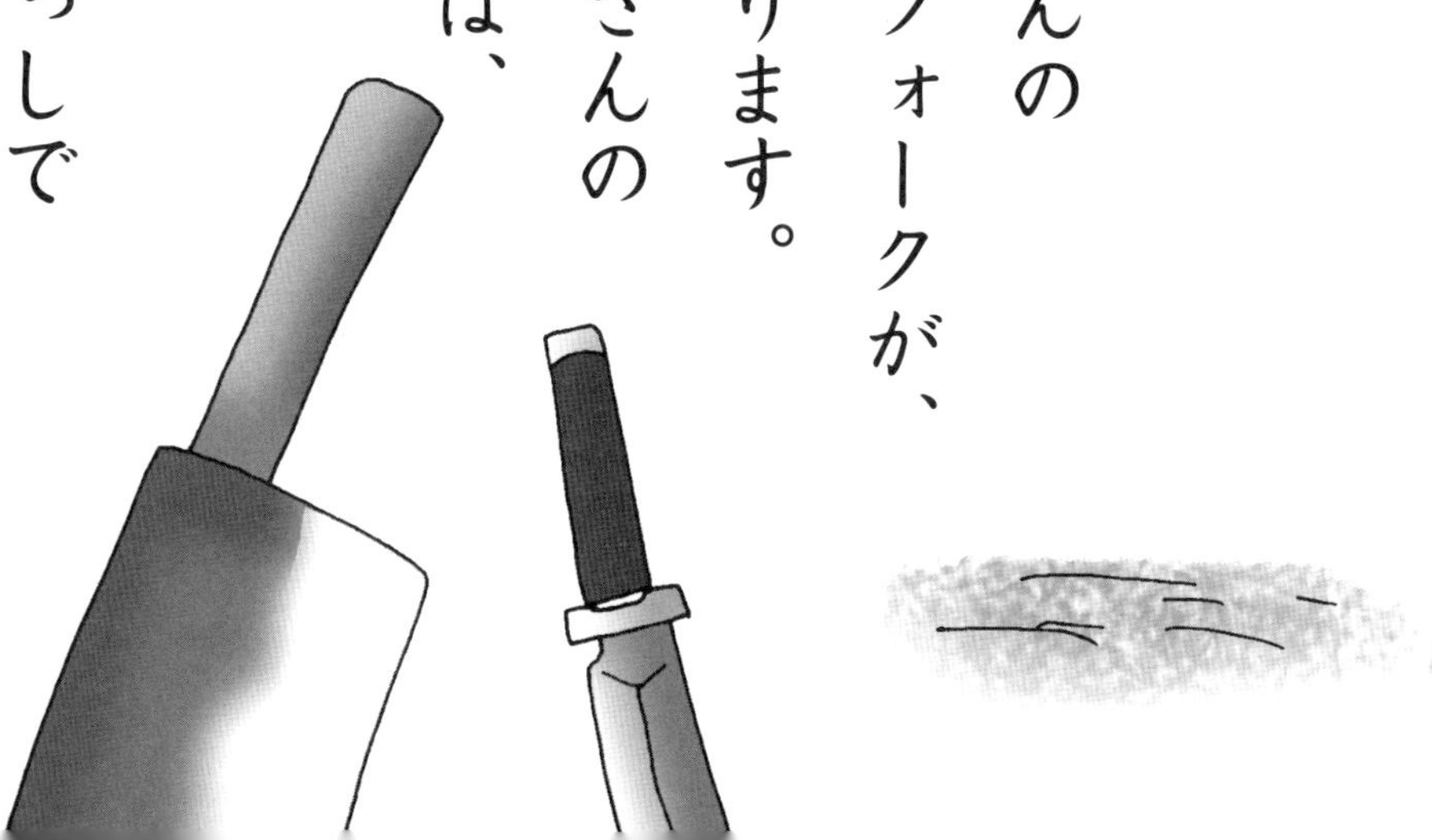

よけながら、ウチダさんは　おもいます。
ああ、やられてしまった　もぐらたちも、
こんなに、こんなに　こわいおもいを
したのか。
「ごめんなさい、ごめんなさい！
わるかった、わたしが　わるかった」

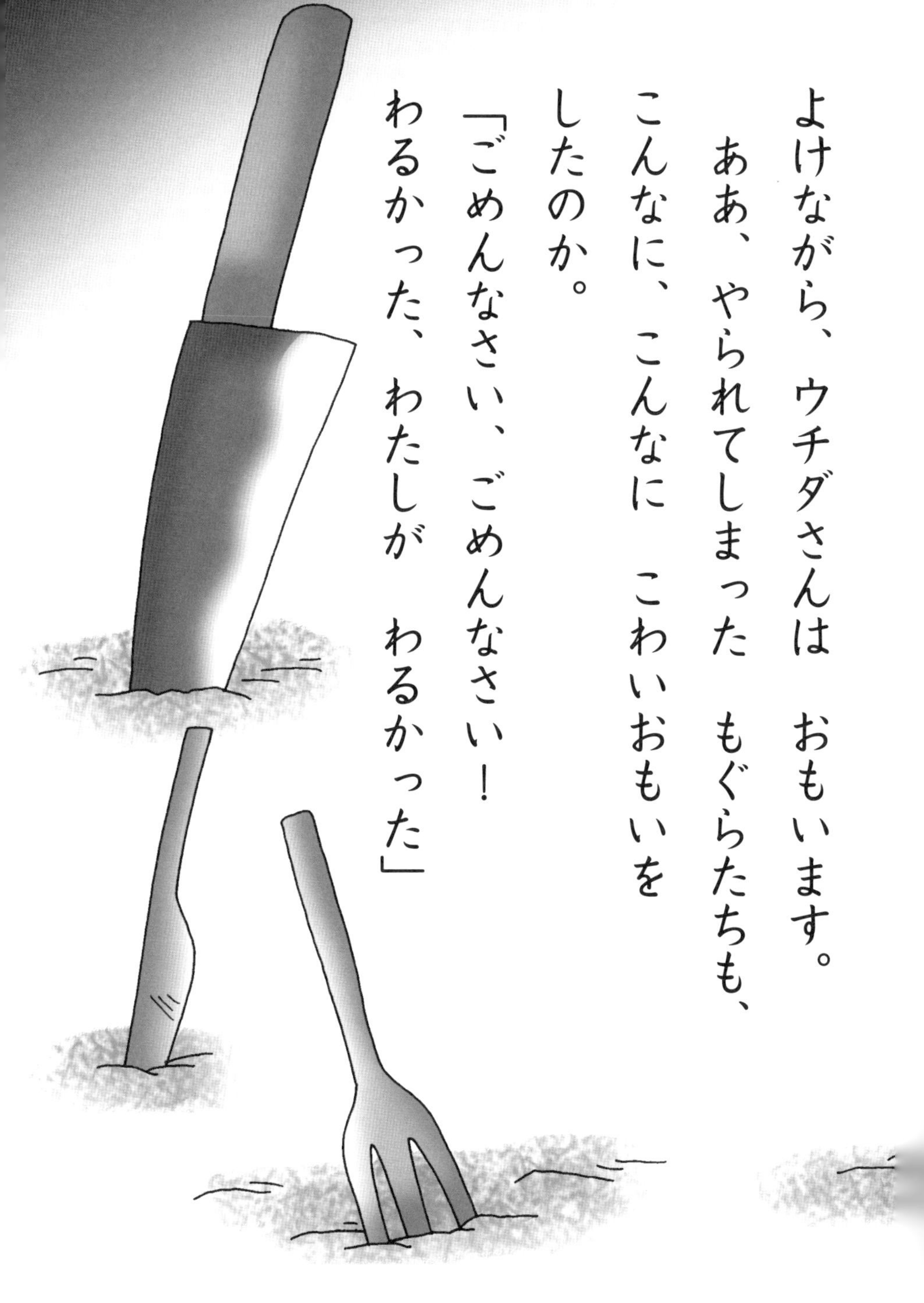

ウチダさんは、なみだで　かおを
ぐちゃぐちゃにして　あやまります。
「どうか、どうか　ゆるしてくれ。たすけて
もらえるなら、なんでもするから」
ウチダさんの　ことばを　きいて、
エレベーターボーイの　もぐらが、みんなの
こうげきを、いったん　とめました。

もぐらたちの　なかでは、どうやら
かれが、おやぶんの　ようです。
「おい、いま　いったことは、
ほんとうだろうな」
「ほ、ほんとうだとも」
ウチダさんは、こくんこくんと、くびを
たてに　なんども　ふります。そのようすを
みた　もぐらたちは、ぐるりと　わに

なって、そうだんを　はじめました。

ながい　はなしあいの　あと、
おやぶんもぐらが、ウチダさんの　ほうに
むきなおりました。
「われわれが　いまから　いう　みっつの
ことを、じっこうしろ。それが　できるなら、
いのちは　たすけてやる」
「み、みっつも？」
「たった　みっつだ。すくないぐらいだ。

もんく　あるか！」
「い、いや、とんでもない。それで、どんな
ことをすれば？」

「うむ。まずは　ひとつめ。ホテルのなまえを　『もりのなかホテル』から『もぐらホテル』に　かえること。はかのしたに　ねむっている　なかまたちのたましいも、それで　すこしはなぐさめられるだろう」

「えっ？　そんな　なまえに　したら、ホテルの　イメージが……」

「なんだと？　おまえは　われわれを
ばかに　するのか。ふふん、でもまあ、
にんげんが　とまる　ホテルに、『もぐら』と
いう　なを　つけにくいと　いうのも
わかる。だったら、『はかのうえホテル』でも
いいぞ。ホテルは、このはかばの　うえに
たっているのだからな」
「『はかのうえ』？　い、いや、それよりは

まだ　『もぐら』のほうが……わかった、
『もぐらホテル』に　するよ」
ウチダさんは、おおきな　ためいきを、
はあー、と　ひとつ、つきました。

「よし。では　ふたつめ。リゾート
マンションを　つくるのを　やめること。
おまえが　よていしている　あのとちにも、
われわれの　なかまは　すんでいるのだから」
　ウチダさんは、しぶしぶと　うなずくしか
ありませんでした。
「さて、みっつめ。これが　いちばん
だいじだ。いいな。さっきの

エレベーターの　まえに　よるおそく、
いっしゅうかんに　いっかいで　いいから、
たくさんの　たべものと　ワインを
おいておくこと」

「え？　ワインも？」
「ああ。にんげんは、ずいぶん
うまいものを　たべたり　のんだり
しているのだなあ。おれたちが　たべてきた
ミミズや　ヒルなんかとは　くらべものに
ならない。ホテルが　できたあと、
おれたちは　よなかに　しのびこんでは、
たべものや　のみものを　こっそり

もちかえってきた。そうして　おまえたちと
おなじものを　たべているうちに、からだも
にんげんのように　おおきくなったんだ」

「こっそり　もちかえったって……それって、どろぼうじゃないか」

「おまえの　せいで　なかまたちが　しんだんだ。それぐらいの　ことを　しても　ばちは　あたるまい。ごちゃごちゃ　いうなら、いますぐ　いのちを　もらうぞ！」

もぐらたちが、また　いっせいに　はものを　ふりかざしたので、ウチダさんは

まっさおに　なりました。

「ひゃあ、やめてくれ！
わかった、わかった、わかった。
みっつとも　いうとおりに　するから」
「ぜったいだぞ。まあ、おれたちにしても、
たべものを　ぬすんでいるのは、やはり
うしろめたい。どうせなら、どうどうと
たべたいと　おもったのさ」

はなしを　おえると　おやぶんもぐらは、
「ついてこい」
と、ウチダさんに　いいました。
そうして、はかばの　むこうの　みちを
ずんずん　あるいていきます。ウチダさんも
あわてて　あとを　おいました。
ずんずん。ずんずん。
「どこまで　いくんだ。さっきとは　べつの

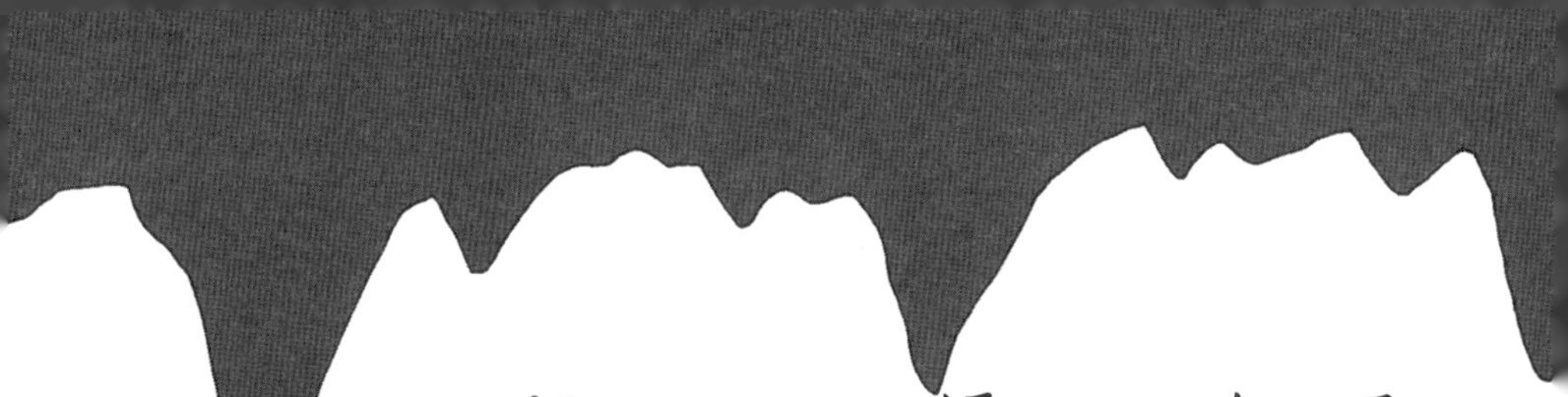

みちじゃないか。ほんとうに、
かえしてくれるんだろうな」
「つべこべいわずに、とっとと　あるけ。
ほら、もう、そこだ」
「こ、これは……」
そこには、きみょうな　かたちをした、
とうめいの　きかいが　おかれていました。

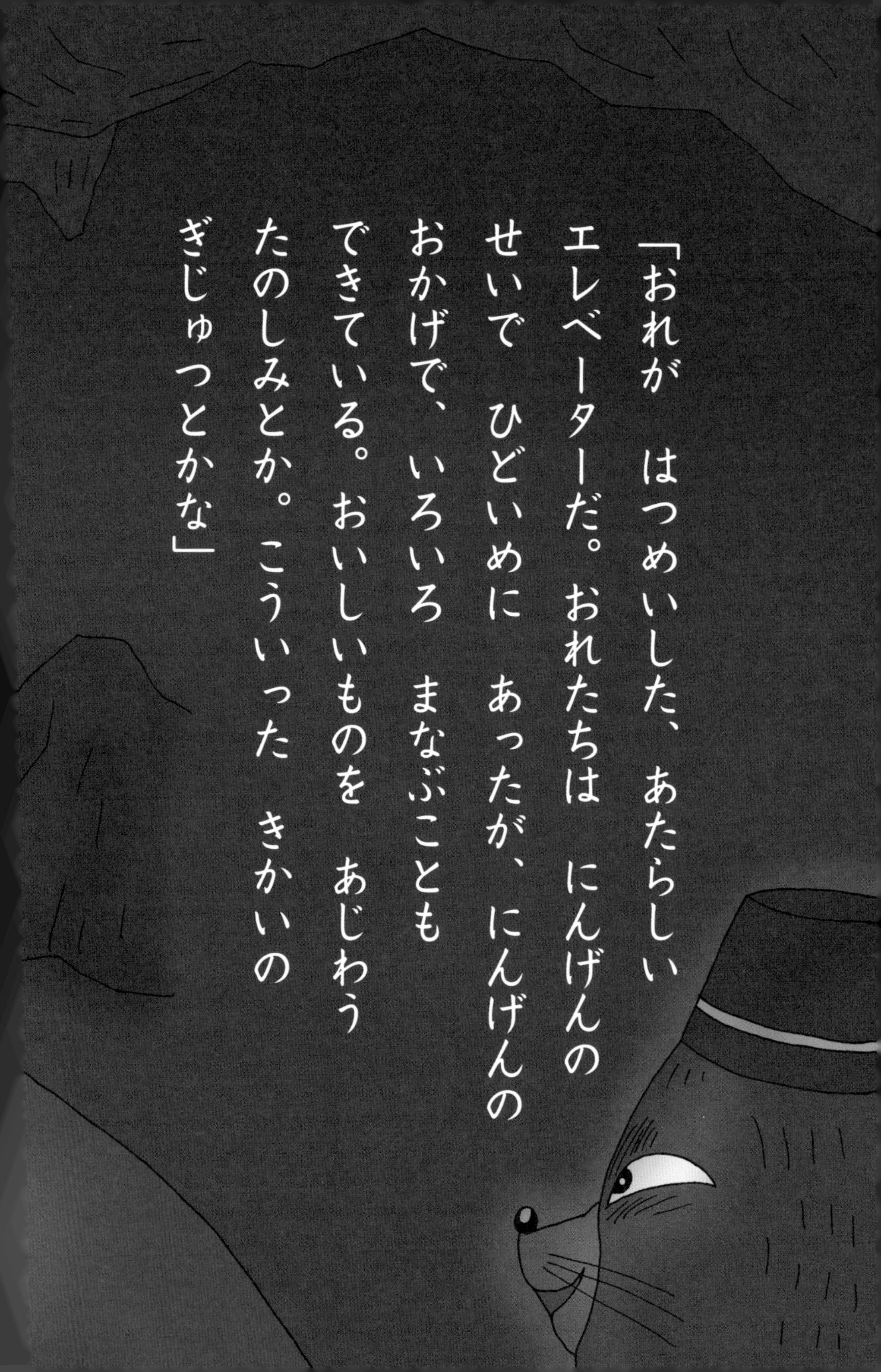

「おれが　はつめいした、あたらしい
エレベーターだ。おれたちは　にんげんの
せいで　ひどいめに　あったが、にんげんの
おかげで、いろいろ　まなぶことも
できている。おいしいものを　あじわう
たのしみとか。こういった　きかいの
ぎじゅつとかな」

MOGURA

「それで　ホテルの　エレベーターにも、
しかけを　したのか。しかし、あれは
エレベーターの　かたちの　ままだが、これは、
ミキサーを　さかさまに　したみたいな
かたちを　しているじゃないか」
きかいの　てんじょうからは、ひかる
はの　ようなものが　つきでています。
「まあ、そういう　つかいかたも　できる」

「そ、そんな……やっぱり、わたしを
ころすんだな。たすけるようなことを
いいながら、けっきょく　ころすなんて、
ひどいじゃないか！」

わめく　ウチダさんを、　おやぶんもぐらは
かるがると　もちあげ、　きかいのなかに
ほうりなげ、　ドアを　ロックしました。
「わあー！　だしてくれ。　ここから
だしてくれ、　たすけてくれー！」
ウチダさんは、　とうめいの　かべを
バコバコ　たたきます。
「ふふふふふ」

おやぶんもぐらは　ぶきみなわらいを
うかべ、きかいのボタンを　おしました。
ぐるっぐるっぐるっ、きかいが
まわりはじめ、ウチダさんは　かべに
ごんごん　ぶつかり、はねかえります。

ぐるぐるぐるぐるぐるぐるぐる！
やがて　かいてんが　すさまじい
スピードになります。
「ギャーーーーー！」

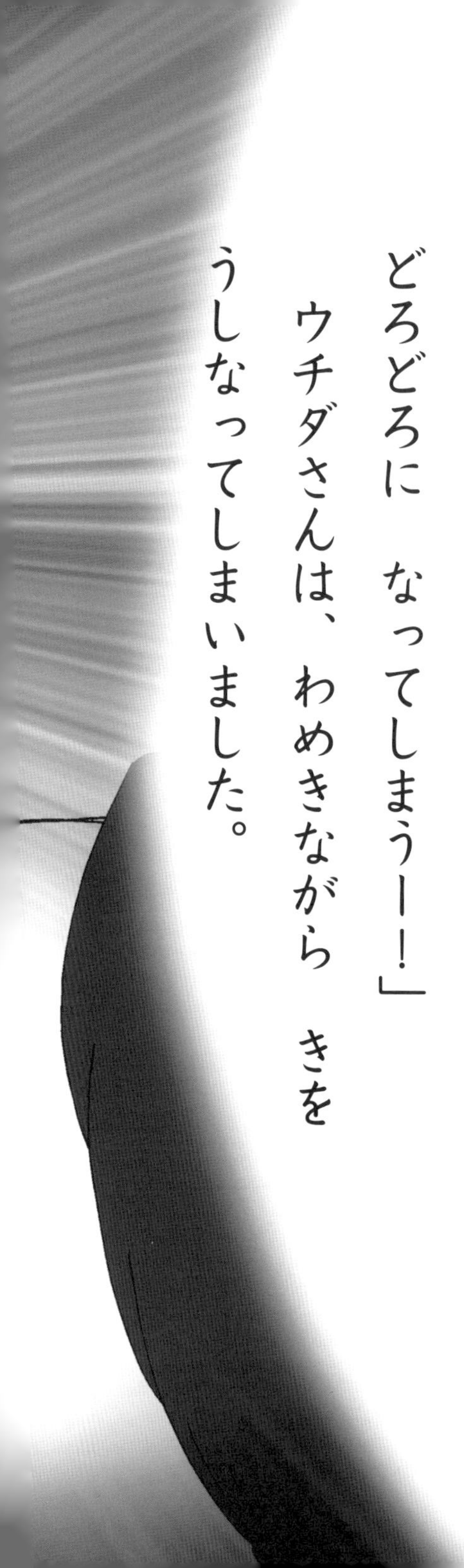

ウチダさんの　からだは　まわりながら
うきあがります。てんじょうの　はが　めの
まえに　せまって　きます。
「うわー！　やられる、ちぎれる、
どろどろに　なって　しまうー！」
ウチダさんは、わめきながら　きを
うしなって　しまいました。

チチチチチ。あれは　とりの
なきごえでしょうか。
そよそよそよ。やわらかな　かぜが
ほおを　なでていきます。
「こ、ここは……？」
きがつくと　ウチダさんは、もりのなかに
いました。
「そとだ！　そとに　いるぞ。

たすかったんだ！」
ふしぎなことに、まわりを　みても
でぐちのようなものは　ありませんでした。
「どうして　たすかったんだ？　あの、
ぎらぎら　ひかっていた　は、は？
そうか　きっと　ああいう　デザインの
でんとうだったんだな」

「あ！　あそこに、ホテルが　みえる」
よが　あけてきます。ことりの
さえずりと　みどりの　かおりに
つつまれて、ウチダさんは、はしって
ホテルに　かえりました。
つぎのひ、ホテルの　かんばんは、
「もりのなかホテル」から
「もぐらホテル」に　かけかえられました。

もぐら
ホテル

しばらくして、レストランの　しょっきやきゃくしつの　タオルなどにしるされている　なも、すべて「もぐらホテル」に　かわりました。
ウチダさんは　リゾートマンションをつくるのを　やめて、いまでは「もりのしぜんを　まもるかい」のかいちょうさんです。

もぐらたちとの　やくそくどおり、
いっしゅうかんに　いっかい　よるおそくに、
エレベーターの　まえには、たくさんの
ごちそうと　ワインが　おかれます。
それらは　あさに　なると、すっかり
きえているのでした。

もぐらホテル

「もぐらホテル」は、まいにち、とても、
にぎわっています。
「もりのなかホテル」だったときよりも、
ずっと　はやっているのです。
「もぐらホテル」には　もぐらの
エレベーターボーイが　あらわれる……
そんなうわさが、いつのころからか
ひろがっていました。うわさを　きいて

「ぜひ　いちど、みてみたいものだ」
と、それを　めあてにくる
おきゃくさんが　ふえたからです。

さいきんの　うわさでは、
そのエレベーターボーイの　からだは、
きょじんみたいに　おおきいのだそうです。
いっしゅうかんに　いちど　おかれていく
ごちそうを、たべているからでしょうか。
それとも、なにか　べつのものでも
たべているのでしょうか……。

そして　じつは、こんな　うわさも
あるのです。
「もぐらホテル」に　とまってから、
ゆくえふめいに　なってしまった
おきゃくさんが、なんにんも　いると。
それが　もし　ほんとうの
はなしだとしたら、そのひとたちは、
いったい　どこへ

いってしまったのでしょう……。

きらきらきら。
まどのそとの　よぞらには、ほしが
いっぱい　かがやいています。
「もぐらホテル」の　レストランは、
こんやも　おきゃくさんで　いっぱいです。
おや、しょくじを　おえた　おんなのこと
おとうさんが、へやに　もどるようです。
エレベーターの　ドアが　ひらきます。

「なんかいで　ございますか？」
「九かいを　おねがいします」
ドアが　すーっと　しまり、
エレベーターは　うごきだしたようです。
さて、あなたの　みみには
とどいたでしょうか。
エレベーターの　ドアのすきまから
もれてきた、かすかな　かすかな

さけびごえが。

「……ギャー！」

「たすけてー！」

作 **牧野節子**（まきの　せつこ）

東京都生まれ。日本大学芸術学部卒業。ピアノ教師を経て児童文学作家となる。著書に「めろんちゃん」シリーズ（岩崎書店）「夢見るアイドル」シリーズ（角川つばさ文庫）『お笑い一番星』（くもん出版）『子や孫に贈る童話100』（青弓社）などがある。

絵 **鈴木アツコ**（すずき　あつこ）

美術系専門学校を卒業後、創作を始める。イラストに限らずおはなしも書くなどして、幼児系出版物を中心に幅広く活躍中。作品に『なかまことばえじてん』（学研）『1年生の漢字80』（講談社）『こどものひは　おおさわぎ！』（教育画劇）などがある。

編集　国松俊英（くにまつ　としひで）

児童文学作家。滋賀県生まれ。同志社大学商学部卒業。著書に、「伊能忠敬」「新島八重」（いずれもフォア文庫）「鳥のくちばし図鑑」（岩崎書店）などがある。

はじめてよむこわ〜い話8

あぶないエレベーター

2015年 3 月10日　第1刷発行
2024年10月15日　第6刷発行

著者　牧野節子

画家　鈴木アツコ

装丁　山田 武

発行者　小松崎敬子

発行所　株式会社 岩崎書店
〒112-0014東京都文京区関口2-3-3 7F
TEL 03-6626-5080（営業）　03-6626-5082（編集）

印刷所　三美印刷株式会社

製本所　株式会社若林製本工場

NDC913　ISBN978-4-265-04788-8

Published by IWASAKI publishing Co.,Ltd. Printed in Japan
ご意見、ご感想をお寄せ下さい。　e-mail info@iwasakishoten.co.jp
岩崎書店HP: https://www.iwasakishoten.co.jp

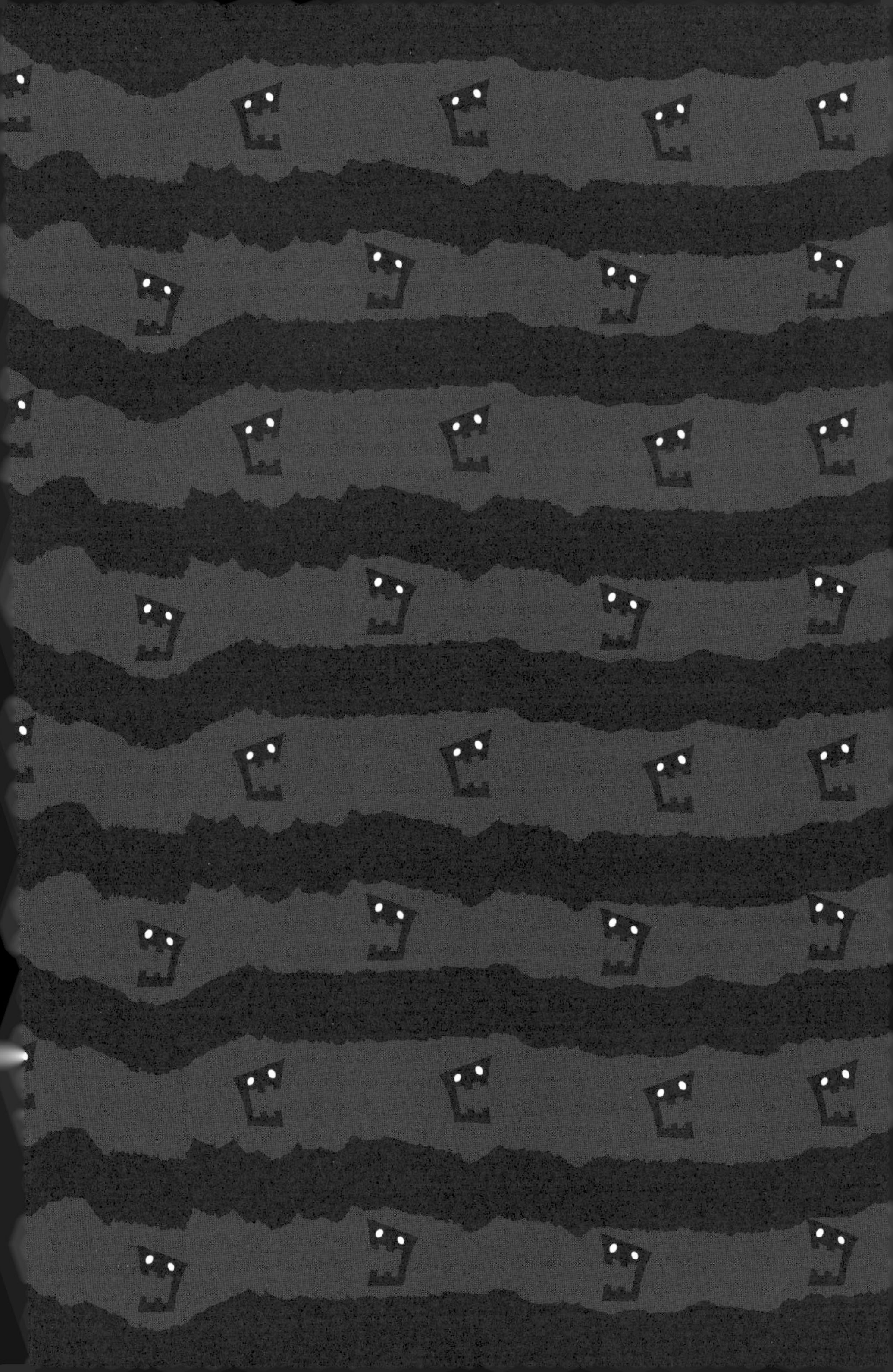